Fferm
Huw Bryn
Coch

Gorsaf
Cae Berllan

Pentref
Cae Berllan

Eglwys

Ysgol

Plas

Cyfres Cae Berllan

Y Ddafad Ddrwg

Heather Amery ac Anna Milbourne

Lluniau Stephen Cartwright

Addasiad Sioned Lleinau

Dyma stori am Fferm
Cae Berllan,

ac am Mari
Morgan sy'n
ffermio yma,

a Jac,   Cadi,

Gwalch,

 Gwen,

y blodau
hardd

a'r Sioe.

'Mae'n ddiwrnod y Sioe heddiw,' meddai Mari Morgan.

'Beth am fynd â phethau o'r fferm yno i'w dangos?'

'Mae gwobrau i'r gorau.'

Ar ôl brecwast, dyma
nhw'n casglu afalau
blasus.

Beth am fynd â blodau hefyd?

Doedd neb wedi sylwi
fod y glwyd ar agor.

Neb ond Gwen,
y ddafad.

'Tybed beth sydd yr ochr arall i'r ffens yma?' meddyliodd Gwen.

Dyma hi'n mynd
i edrych.

Dyma hi'n gweld gardd
yn llawn blodau lliwgar.

Roedden nhw'n hardd
iawn . . .

. . . ac yn flasus hefyd!

Yna, dyma Gwalch yn gweld Gwen.

12

Mae Mari Morgan yn flin iawn.

Fy ngardd i!

'Alla i ddim mynd â blodau i'r Sioe nawr.'

'Gwell i ni fynd,' meddai Cadi.

Felly, ar ôl gwisgo'u
cotiau, i ffwrdd â nhw.

Gwyliodd Gwen nhw'n
mynd.

Aeth hi am dro i'r Sioe
hefyd.

SIOE

Roedd llawer o bobl
yno.

Gwelodd Gwen ddefaid
eraill . . .

. . . a dyn bach mewn
cot wen.

Dyma Mari Morgan yn
gweld Gwen.

Roedd hi'n amser mynd adref.

Doedd dim gwobrau am yr afalau na'r blodau . . .

. . . ond roedd Gwen
wedi ennill cwpan!

Am ddafad ddrygionus,
dda!

POSAU

Pôs 1

Yma mha drefn wnaeth
Gwen fwyta'r blodau?

A.
glas
coch
melyn
pinc

B.
pinc
melyn
coch
glas

C.
melyn
coch
glas
pinc

Ch.
pinc
glas
coch
melyn

Pôs 2

Dewisa'r swigen siarad
gywir ar gyfer bob llun.

A.

Pôs 3

Pa un o'r rhain enillodd wobr?

Gwalch   afalau   Gwen

Pôs 4

Chwilia am y pethau hyn
yn y llun:

afalau

aderyn

coeden

cath

Pôs 5

Beth yw'r chwe gwahaniaeth rhwng y ddau lun?

Atebion y posau

Pôs 1

C.

- melyn
- coch
- glas
- pinc

Pôs 2

Beth am fynd ag afalau?

B.

C.

Pôs 3

Gwen
enillodd
wobr.

Pôs 4

coeden

aderyn

afalau

Cynllun Laura Nelson
Golygydd y gyfres: Lesley Sims
Cynllunydd y gyfres: Russell Punter
Gwaith digidol: Nick Wakeford
Addasiad Cymraeg: Sioned Lleinau

Cyhoeddwyd gyntaf yn 2015 gan Usborne Publishing Ltd.,
Usborne House, 83–85 Saffron Hill, Llundain, EC1N 8RT

Cyhoeddwyd gyntaf yng Nghymru yn 2017 gan Wasg Gomer,
Llandysul, Ceredigion, SA44 4JL
www.gomer.co.uk

ⓗ Usborne Publishing Ltd 2015, 1989 ©
ⓗ y testun Cymraeg: Sioned Lleinau 2017 ©

Dymuna'r cyhoeddwyr gydnabod cymorth ariannol
Cyngor Llyfrau Cymru.

Pôs 5

Cynllun Laura Nelson
Golygydd y gyfres: Lesley Sims
Cynllunydd y gyfres: Russell Punter
Gwaith digidol: Nick Wakeford
Addasiad Cymraeg: Sioned Lleinau

Cyhoeddwyd gyntaf yn 2015 gan Usborne Publishing Ltd.,
Usborne House, 83–85 Saffron Hill, Llundain, EC1N 8RT

Cyhoeddwyd gyntaf yng Nghymru yn 2017 gan Wasg Gomer,
Llandysul, Ceredigion, SA44 4JL
www.gomer.co.uk

Dymuna'r cyhoeddwyr gydnabod cymorth ariannol
Cyngor Llyfrau Cymru.